大地情

张家双 著

群众出版社
·北京·

图书在版编目（CIP）数据

大地情/ 张家双著 .—北京：群众出版社，2015.10
ISBN 978 - 7 - 5014 - 5433 - 4

Ⅰ.①大… Ⅱ.①张… Ⅲ.①诗集—中国—当代 Ⅳ.①I227

中国版本图书馆 CIP 数据核字（2015）第 243749 号

大地情

张家双 著

出版发行：	群众出版社
地　　址：	北京市丰台区方庄芳星园三区十五号楼
邮政编码：	100078
经　　销：	新华书店
印　　刷：	北京兴华昌盛印刷有限公司
版　　次：	2015 年 11 月第 1 版
印　　次：	2016 年 2 月第 3 次
印　　张：	11
开　　本：	787 毫米×1092 毫米　1/16
字　　数：	150 千字
书　　号：	ISBN 978 - 7 - 5014 - 5433 - 4
定　　价：	68.00 元
网　　址：	www.qzcbs.com
电子邮箱：	843195700@ qq.com

营销中心电话：010 - 83903254
读者服务部电话（门市）：010 - 83903257
警官读者俱乐部电话（网购、邮购）：010 - 83903253
文艺分社电话：010 - 83901730

本社图书出现印装质量问题，由本社负责退换

版权所有　侵权必究

自　序

今年元旦，《军旅情》诗集出版后，我如释重负。

将自己从军三十五年征途中的所为、所见、所闻、所思、所感经过沉淀后写出来，我的初衷是藉此表达这期间的感恩之心，也给军旅岗位上正在履职的战友一点点借鉴。诗集出版后，培养我的部队、老领导给予了我很高的评价和鼓励，是我未曾想到的。很多老战友、新战友还因此赋诗撰文，更使我万分感动，再次激发了我继续创作的动力。《大地情》诗集的诗是从老百姓的视角去观察社会现象，分析历史和憧憬未来。我还是选择了以诗歌形式来表达，将一己之观呈送给读者。若能为当今社会提供一点正能量，我也就心满意足了。

这部诗集定名为《大地情》，主要是考虑到它与《军旅情》的顺序承续和内容关联之原因。《大地情》绝大部分是在今年五、六、七、八这四个月内完成的，错漏之处在所难免，恳请读者谅解和批评指正。

2015年9月

目 录

一 情怀篇

军旅路线之回顾　/ 3
心平甘愿才享乐　/ 5
乘坐公交　/ 6
为珠算申遗呼吁　/ 7
清明节之感　/ 8
老兵对八一的盼望　/ 9
情感万千难表达　/ 10
退而不休　/ 11
百姓之亲情　/ 12
沃土情　/ 13
乡　情　/ 14
天地之感　/ 15
我向军旗致以崇高的敬礼　/ 18
伟大的沂蒙　/ 19
大地情　/ 22
为法制呐喊　/ 24
祭三十八位老人　/ 26
祭"东方之星"遇难同胞　/ 27
悼永清战友文娟警嫂　/ 28

惊悉日照烃罐爆炸 / 30

南戴河疗养成分之变有感 / 31

点赞休养所 / 33

梯子形品 / 35

"啄木鸟"聚会 / 36

贺冬奥申办成功 / 37

老兵为唱主旋律鼓掌 / 38

揪心啊！我失踪的消防战友 / 40

哭战友 / 41

祭消防英烈 / 42

为阅兵站岗，父女无限荣光 / 43

大阅兵 / 45

二 游历篇

古都北京 / 49

塔楼可舍地域恋 / 50

蓝天大地赞 / 51

休养所 / 52

赏 月 / 53

重阳节 / 54

清 明 / 55

市 场 / 56

蒙山行 / 57

文化沂蒙 / 58

今日沂蒙 / 59

安 县 / 60

溪水与青山 / 61

登雁栖塔 / 62

居驻地 / 63

复兴门立交桥 / 64

速描疗养所 / 65

爱警和忠诚 / 66

今昔疗养所　／67
菜　地　／68
松柏与垂柳　／69
名城济南　／70
风景线　／71
《三国城》游记　／72
周　庄　／73
现代上海　／74
立　秋　／75
沙家浜　／76
方　塔　／77
常熟城　／78
尚湖晚霞　／79
申晓疗养院　／80
毛毛草　／81
牵牛花　／82
家乡的大海与磁山　／83
罗山坡的传说　／85
变　／86
八月行程　／87
秋　颂　／88

三　人物篇

崔维大师　／91
垃圾分类指导员　／92
医院挂号　／94
赞战友李劲同志　／95
吴桐的婚礼　／97
体　检　／98
退休战友八一欢聚　／99
祝贺尤胜任支队长　／100
祝贺李红军任纪保处长　／101

官复原职之歌　/ 102
一位老消防兵八一的讲话　/ 103
白芳礼老人，您活在人民中间　/ 105
好友相逢　/ 107
相识慈仁战友　/ 108
老战友久别相逢　/ 110
翁同龢先师　/ 112
高太存将军　/ 113
科技武器　/ 114
想念战友何江　/ 115
战友弟兄姜守强　/ 116

四　感悟篇

打虎拍蝇赞　/ 119
伟大的真理　/ 120
老夫少妻现象析　/ 122
尊与爱　/ 124
公共与集体　/ 125
饮食的哲理　/ 127
住房与睡眠　/ 128
劈木功效之悟　/ 129
度　/ 130
忠孝双全　/ 131
微信值得民众夸　/ 132
议养狗　/ 133
信息革命　/ 135
昔今衣装颜色考　/ 136
思路与出路　/ 137
云计算大数据　/ 138
农民工的对话　/ 139
衣装用场　/ 142
转动与转不动　/ 143

停车场里的对话 /144
退休生活三项注意 /146
消火栓的诉说 /147
消火栓的呐喊 /150
消火栓智能改造定位 /152
红色中国伟大复兴 /153
议价与诚信 /156
善事恶事 界限界定 /157
信仰与理想 /158
文盲、科盲与互联盲 /160
轮回与周期 /161
历史与未来 /163

情怀篇

军旅路线之回顾

齐鲁启航到京城,
驻京奉命守山东。
齐鲁再航去天津,
天津凯旋又北京。

两市一省从军路,
三十五载风雨程。
征途遍地有沟壑,
征途处处有峻岭。

汗淹沟壑泪没山,
奋战硝烟漫苍穹!
雾里首长来导航,
险情战友争先锋。

军队就是大学府,
习文学武练本领。
磨枪砺剑万昼夜,
退休尊享毕业证。

孔子周游立《论语》,
玄奘西游取佛经。
天时地利皆具备,
"创业"奋发新长征。

"文凭"在手志在胸,
半百披甲更神勇。
新程艰难何所惧,
无限风光在险峰!

2013 年 5 月 16 日　北京

心平甘愿才享乐

卸马解甲乃民众,
余热未尽岂能休?
心平甘做公益事,
享乐之中度晚秋。

书法绘画咱不会,
著书立说欠火候。
慈善捐款囊羞涩,
编点正义顺口溜!

2013 年 5 月 20 日　北京

乘坐公交

闲暇陪妻去商城,
久违潇洒惬意行。
公交不知上下门,
地铁进出换乘愣。

京龄超过三十年,
城建还有咱推动。
公车让我变呆傻,
老伴使我再聪明。

2013 年 8 月 20 日　北京

为珠算申遗呼吁[①]

一个框架十几串，
轮形木珠相关联。
上下间隔一横梁，
顶二下五底面宽。

汉代算圣发明始，
华夏服役上千年。
今天退伍遭遗弃，
我为申遗来进谏。

2013年9月5日　北京

[①] 1975年至1978年2月，我曾在供销社打过三年算盘。

清明节之感

清明清明清清明，
绿透平原红染岭。
清明清明明明清，
雨落大地情不平。

清清明明世上盼，
冬长夏久春瞬停。
清明清明今又是，
人间正道日月恒！

2014 年清明　烟台

老兵对八一的盼望

我参拜过南昌,
我仰视过井冈。
我参观过遵义,
我到过太行。

这是多年前的往事,
近日总使我联想……
我仿佛见过延安枣园,
我仿佛见过西柏坡的会场,
我仿佛见过香山双清别墅,
我仿佛见过中南海的灯光。

像梦境一样,
时时热血沸腾,
天天心潮激荡!
原来是八一将来临,
老兵对节日的殷切盼望!

2014 年 7 月 26 日　北京

情感万千难表达

赤膊裸背空调纳,
冷饮凉啤汗还洒。
窗外工地乃火炉,
建筑民工欲熔化。

望了一眼心加速,
上身打颤下身麻。
同为男人血肉躯,
情感万千难表达!

2014年8月5日　北京

退而不休

是梯子,要举高别人;
是土地,要盛产稻米;
是基础,要托起大厦;
是蜡烛,要燃尽自己!

哪能五十就退休?
岂敢朝阳当暮夕?
好人一生多勤劳,
骏马到死才停蹄!

2014年9月19日　北京

百姓之亲情

我三餐，所吃的粮食，
我四季，所穿的衣服，
我每天，所用的交通工具，
我每日，所居住的房屋……

哪件不是出自百姓之手？
哪样不是靠百姓的忙碌？
我们要知己知彼，
我们要寻根认祖，
我们要扪心自问，
我们要回顾走过的道路。

是老百姓养活了我们，
是老百姓教我们学术，
是老百姓给我们信任，
是老百姓供我们奉禄。

百姓是我们财富的宝库，
百姓是我们自己的父母。
谁忘记百姓谁就是逆子，
谁冒犯百姓谁就失途断路！

2014 年 9 月 21 日　北京

沃土情

沃土孕育了植物,
植物进化了五谷。
五谷被我们祖先选为粮食,
粮食的回报使人类进化大展宏图。

土乃万禾之圣母,
地载历史及道路。
伟大无比的土地啊!
您是我生命的基础。

2014 年 9 月 30 日

乡 情

风筝飞得越高,
线的牵力越大。
游子离乡越久,
越是思乡想家。

童年情景眼前晃,
梦中喜悦泪水洒。
退休解甲故乡行,
心潮滚滚情迸发。

小伙伴们挂花发,
父母在村辈高塔。
我离故乡四十年,
情感之债难报答!

2014 年 10 月 8 日　古现

天地之感

是蓝天的保佑,
是大地在哺育。
人类是宇宙的精灵,
我们是精灵中的奇迹。

五千年的中华文明,
闪烁着我们祖先的足迹。
四大发明横空出世,
我们先辈让世界日新月异。

但是,近代百年的中华民族,
列强入侵、民族之辱、沦为洋人的奴隶。
三民主义震动山河,
屡败屡战,可歌可泣。

奇迹是中共的诞生,
是中共武装的建立,
是中共号召依靠人民,
是中共为人民的纲领和主义。

战列强、灭日寇、打败老蒋,
赢得了中国属于中国,
人民的共和国升起了五星红旗!

夺取政权艰难，
巩固政权不易。
破坏秩序需要流血牺牲，
建立秩序何惧头断命移。
还是共产党的领导，
还是共产党的旗帜！

中国建设之成就，
令帝修反惊恐失魄，
我们安坐联合国常任理事国之席。
改革开放是历史的必然，
也是必然的历史规律。

我们的成绩有目共睹，
我们的失误也不能回避。
成就之因是依靠了人民，
失误之根是宗旨的偏离。

历史教育了我们，
我们要珍爱历史。
共产党有共产党的胸怀，
共产党有不变的宗旨和主义。

发扬成绩是传统，
纠正错误是勇气。
要永远依靠人民，

要永远为了人民的利益。

走这条道路我们将坚定不移，
走这条道路我们才能从胜利走向胜利！
人民永远是共产党的浩瀚蓝天，
人民永远是共产党的苍茫大地！

        2014年11月5日　北京

我向军旗致以崇高的敬礼

尽管我脱下军装,
换上了便衣,
尽管我年过半百,
退出了现役。

无论云计算还是高科技,
都是外在武器,再重也重不过信仰和真理。
我虽然懂得信息化的作用,
但我深感信仰和真理的威力。

武器在变更,宗旨不能移,
历史在前进,党性不变质。
全军政工会议开得好啊,
今天的古田如同长征路上的遵义。

在新春佳节里,
我向着军营
向着军旗,
致以老兵最崇高的敬礼!

2015年2月19日 古现

伟大的沂蒙[①]

林涛在讲述,
岩石在证明。
群山在起舞,
河水在喧腾。

红嫂故事代代传,
军民抗日辈辈颂。
党群鱼水的情感,
融化在这片土地中。

伟大的解放战争,
铭刻着这里人民和解放军的勇猛。
老蒋的七十四师全灭亡,
孟良崮被鲜血染红。

延安保育院转来的小伙伴们,
在敌人无数次扫荡中毫发无损。
是这里的百姓用自己的孩子,
换回英雄们的后代和脉种!

---

① 参观孟良崮和临沂六姐妹展览作。

抗日战争中她是中国攻不破的堡垒，
解放战争中她是决定胜败的天平！
这就是革命的老区，
这就是伟大的沂蒙。

沂蒙我敬拜，
沂蒙我歌颂。
井冈山的星火在全国燎原，
宝塔山的灯光能照遍天空。

沂水蒙山筑起军民团结的铜墙铁壁呀，
固若金汤战无不胜！
建国一个甲子年，
历史再次证明。

打江山离不开人民，
建江山照样脱离不了群众。
沂蒙精神之伟大，
沂蒙传统之神圣。

就是党与人民血肉相联，
就是军民的鱼水之情。
有人说：共产党不能忘记沂蒙，
人民军队不能忘记沂蒙，
共和国不能忘记沂蒙。

我还要再加一句:
我们的世世代代,
谁也不敢忘记沂蒙!

2015年4月25日 临沂

大地情

是您托起了海面，
是您举起了高山。
是您守望着日月，
是您孕育着河川。

这就是朴实的大地，
展现了情怀的浩瀚。
这就是无私的大地，
展现了默默的奉献。

这就是忠诚的大地，
展现着坚定的信念。
这就是辽阔的大地，
展现着美丽的画卷。

海洋为人类提供了丰富资源，
高山为人类储藏了宝贵矿产。
日月为世界输送了光和热，
河川为生命铺设流和泉！

海山日川功绩大，
古封今尊见文献。
大地乃海山河川之基，

大地乃日月星空之伴。

资原矿产并非无穷无尽,
光和热能也不会无际无边。
水源河川也会枯竭,
大地,只有您永远不变!

您是人类的上帝,
您是精灵之根源。
您是万能的父母,
您是可靠的老天。

大地啊,你就是社会中平民百姓,
大地啊,你就是我情感奔放的终点!
我的歌,永远赞美您,
我的诗,永远不离您的身边!

2015年5月1日　北京

为法制呐喊[1]

法制国家,
民众盼,
公正基垫。

众志士,
勇敢探索,
洒血身献,
勇敢向前
国泰民安盛世始,
历史车轮向前转。

时今日,
袭警案件现。
媒体软,
热血涌,
岂旁观?
勇挺身,
敢亮剑!
法律要神圣,
德固底线。

---

[1] 有感于庆安袭警事件及媒体倾向,含愤而作。

践踏法制必偿还,
警察尊严大于天。
虽退休,执笔作诗,
拼命喊!

      2015 年 5 月 23 日 北京

祭三十八位老人[①]

中原鲁山起惊雷，
苍天何忍骇人闻。
万恶火魔太残暴，
吞噬无助白发人。

善良灵魂归西去，
玉皇大帝泪流奔。
斩妖除魔布法阵，
物联网加降鬼神。

2015 年 5 月 26 日　北京

[①] 悼 5·25 鲁山康乐园老年公寓遇难长者。写于北京。

祭"东方之星"遇难同胞[①]

两岸人海嚎声鸣,
江中万舟垂帆行。
举国悲痛送同胞,
苍天落雨祭魂灵。

2015年6月8日　北京

[①] 作于"东方之星"遇难七日。

悼永清战友文娟警嫂

警情突发,他率警冲锋。
危险刹那,他勇敢挺胸。
他是政工干部的优秀表率,
他是我的战友警哥薛永清!

他为神圣职业献身,
他为崇高法律牺牲。
他是人民群众忠诚卫士,
他是国家警察队伍中真正的英雄!

还没来得及擦去我悲壮的眼泪,
还没来得及安慰烈士家属亲情,
还没来得及整理英雄的遗容,
又出现惊天动地的悲情……

警嫂文娟坠楼陪丈夫而去,
梁祝绝唱突然在神州大地再生。
这不是夫妻情感所能涵盖的,
更怕英灵孤独对英雄的烈忠!

我无法再写下去了，
泪水已遮断了我的视线。
我呐喊，要用警哥警嫂的生命，
来警醒国民——扬善除恶，法制永恒。

2015 年 6 月 10 日傍晚　北京

惊悉日照烃罐爆炸[①]

心怡情满奔幽燕，
急盼老友会会面。
惊悉日照烃罐炸，
躯灵欲分心空悬。

无暇长者问长短，
恩师夸我没听见。
美酒举杯忘记喝，
魂飞日照战火患。

2015 年 7 月 15 日　南戴河

---

① 刚到南戴河疗养，次日惊悉日照千吨液态烃罐爆炸，悲伤而作。

南戴河疗养成分之变有感

沙滩还是美丽沙滩,
海风还是在吹拂脸面。
涛声还是依旧,
服务员的笑容啊,
还是那么甘甜!
这是我这次来疗养的场面。

老干部英模,年年来此。
天经地义已为常见。
今天我见到入住新的客人,
士官及家属,他们进来还有点腼腆。

这一变化默默无声,
这一做法没见宣传。
这一举措意义重大,
这一行动力量无限。

我欣喜,我为此点赞,
我喜士官笑脸,我赞局党委高见。
我感激文忠[①]金磊[②]对消防真正的赤胆。

---

① 文忠指靳文忠。北京消防局政治部主任。
② 金磊现任北京消防局休养所所长。

我内疚，我遗憾，
我曾当过领导，我也曾分管，
温暖春风太少，基本都是严寒，
根源是我与士兵感情有点远。

请官兵谅解吧！
尽管我退休，
但我心系消防员，
尽管我离岗，
我会用余热来偿还！

2015 年 7 月 16 日　南戴河

点赞休养所

到来时官兵兴高采烈，
离开时官兵英姿飒爽。
一车一车来到这里，
一批一批返回消防的战场！

这里是加油站，
这里是新课堂。
这里是温馨的家呀！
员工是姊妹，所长乃兄长。

身躯来这加油冲电，
大脑来此补充智慧和营养。
家里应有尽有，浪漫如同洞房，
院庭宽敞干净，柳树排队成行。

沙滩闲步防蚊虫。
海中畅游防大浪。
文化生活真丰富，
饭菜佳肴扑鼻香。

说不完的关心和关怀，
道不尽的鼓励加赞扬。
一线官兵皆折服，

白发老干部齐夸奖。

局党委定位定得好,
政治部抓住了大方向。
全所官兵都敬业,
金磊所长管理有妙方。

我们点赞疗养所,
我们为此赞歌唱。
倡议学习疗养所,
北京消防好榜样!

2015 年 7 月 18 日　南戴河

梯子形品①

纵横交错形千万，
两纵多横底层宽。
纵长横短短递减，
平地登高工具诞。

脚踩咱身尽义务，
足踏咱躯心甘愿。
我学梯子之品质，
肩扛头顶至骨断。

2015 年 7 月 18 日晨　南戴河

---

① 观疗养所院中木梯而作。

"啄木鸟"聚会[①]

纪检同行相聚会，
新老战友同举杯。
老兵离岗情不离，
新兵选调皆精粹。

长江后浪高前浪，
松柏四季色不退。
共为纪检啄木鸟，
挖虫救树不知累。

2015年7月28日　北京

[①] 有感于礼信同志八一召集在京新老公安现役纪检干部聚会。

贺冬奥申办成功[①]

○八夏奥惊五洲,
戎装青岛奥帆中。
爱女鸟巢保政要,
夫人中山[②]送春风。

家欢国喜在眼前,
今晚电波喜又送。
二二冬奥已如愿,
国昌民兴咱光荣。

2015 年 7 月 31 日　北京

[①] 为 2022 年北京冬奥会申办成功而作。
[②] 中山指北京中山公园。夫人曾在中山公园工作。

老兵为唱主旋律鼓掌[①]

军旗今天格外红,
军号今天更嘹亮。
北京官园的剧场,
歌声传遍四面八方。

这里的歌声:
唱出了军人本色与斗志,
唱响了铁军北京消防,
唱响了时代的旋律,
唱响了人民的向往。

这里的歌声:
唱出了八十八年的历程,
唱出了英雄的南昌,
唱出了长征的艰苦,
唱出了延河的水和浪,
唱出了西柏坡,
唱出了天安门的红墙,
唱响了新时期的重任,
唱响了人民军队永远忠于党。

---

① 在官园剧场观看北京消防局庆八一《发扬革命传统 唱响时代旋律》歌咏大赛有感而作。

组织者组织得好哇！
表演者演唱得棒。
参加者人人心潮澎湃，
我们老兵一遍又一遍地鼓掌！

      2015 年 7 月 31 日　北京

揪心啊！我失踪的消防战友

恐怖的消息，
使我呆如泥胎。
我曾工作的天津，
突发爆燃形同火海。

我英勇的战友，
擒火龙呼啸而来。
忘我不怕死，
拼命救人接力赛。

刹那间，又爆炸……
战友被恶魔推出阵地外。
我的战友啊！您在哪里——
这是在挖我的心呀！
这是在切割您亲人的脉！！
我为战友的归来，
在南方向着苍天跪拜！！！

2015年8月13日晨　常熟

哭战友①

我失战友泪水流,
津港大火震惊全神州。
鬼神动容天阴沉,
撕我肝胆魂魄丢。

白天同场练拉梯,
晚饭同桌聊不够。
祈祷跪拜央求老天爷,
还我消防好弟兄!

2015 年 8 月 18 日　烟台

---

① 悼 8·12 牺牲的消防战友。

祭消防英烈[①]

明知有危险,
必须向前冲。
勇敢牺牲救人民,
尊敬消防兵。

职业之伟大,
生命之神圣。
英烈灵魂永不死,
铭刻我心中。

2015 年 8 月 18 日　烟台

---

① 为我的战友、在天津 8·12 抢险中牺牲的英烈七日祭含泪而作。

为阅兵站岗,父女无限荣光

八四年的阅兵,我在长安街站岗,
今天的阅兵,女儿站在观礼台上。
我们父女多么荣幸,
我们作为军人无比荣光。
今天的盛世是先烈用生命换取的,
今天的强大来源于前辈鲜血流淌。

昨天的历史通过老兵方队呈现,
胜利的阅兵就是让历史不敢淡忘!
中国抗日暨世界反法西斯的胜利,
是光明与黑暗的较量,
是正义与邪恶的战斗。
我们用巨大的牺牲才将战争埋葬!

七十年的和平,
让善良的人们麻痹思想滋长,
什么共世的价值,什么民主的西洋,
都是骗人的梦幻异想!
有些人千方百计对二战历史遮遮掩掩,
有些人在模糊二战历史的旧账,
有些人因私利竟将仇敌当干爹,
有些人在暗中磨刀还想再次较量!
任其下去战争必将重演,

我们的安居乐业将成空想，
世界的和平将化为泡影，
美丽河山将再次变成魔鬼的天堂。

阅兵是纪念，是宣誓，
阅兵是展示，是亮枪。
有了强大的国防，
就不怕虎豹豺狼。
让国人坚定信念，
让世界看看中国的力量。
谁敢点起新的战火，
就让谁首先灭亡。

三十年前我为阅兵站岗幸福无比，
三十年后女儿为阅兵警卫无比荣光。
我们父女为了和平在接力，
我们军人为了国家的安全永远站好岗！

2015年9月3日　北京

大阅兵[1]

从地到空，
从西到东，
十里长街，
龙腾雷鸣。

排山倒海，
滚滚雷霆，
钢铁队伍，
中华雄风。

这是二战胜利七十年的纪念，
这是中国对历史向世界发出的心声。

一个一个徒步方队，
一批一批战车神龙。
一波一波遮天的战机，
令中华同胞热血沸腾。
抗日暨反法西斯胜利，
是历史的必然进程。
毒辣与善良的较量，
邪恶必败，正义必胜！

---

[1] 观9·3大阅兵，感慨而作。

虽然经过七十年的历史，
尽管有战后国际秩序和规定，
尽管我们反对战争和霸权，
但，只有不怕打仗才能制止霸权和战争！

中华民族酷爱和平，
华夏子孙创造了文明。
我们的祖辈为文明流尽了汗水，
我们的前辈用鲜血喷灭了战争！

我们今天举行重大纪念，
我们进行隆重的阅兵。
目的只有一个：
防止悲剧重演，
不许战争发生。
让全球人民幸福，
让人类和平永恒！

2015年9月3日　北京

游历篇

古都北京

东日坛，西月坛，
南天坛，北地坛。

古建瑰宝处处有，
故宫颐和圆明园。
北海玉泉八达岭，
雍和檀柘上方山。

我见古都不算少，
咱到名城数不完。
唯独北京真古都，
雄伟傲世几百年。

2013 年 6 月 12 日　北京

塔楼可舍地域恋[①]

塔楼栋栋上云天,
容纳棚户人上千。
层高三十还嫌矮,
层户十二还想添。

左侧滨河水映柳,
右边书香话剧院。
门泊高铁日千里,
窗舍天塔八百年。

2014 年 3 月 5 日　北京

[①] 写于住宅小马厂路一号院旧城改造小区。

蓝天大地赞

大地之广广无边，
蓝天之高高无限。
大地任其骏马骋，
蓝天纵横南北雁。

思路扩展地更大，
眼光聚焦天更宽。
天地为我供领域，
地驰高铁天飞船。

2014年3月9日　天津

休养所

黄金海岸休养所,
院中垂柳记岁月。
茅屋荒地照片寻,
红瓦欧建新庭落。

官兵之家为官兵,
传统接力手中握。
名副其实加油站,
力量源泉南戴河。

2014年8月8日 南戴河

赏 月

静湖仲秋赏月景,
思故怀旧情难平。
命为天生运自控,
路在脚下走或停。

自控目标不偏移,
前进步伐落地重。
怨天怨地是借口,
皓月对人一样明。

2014 年中秋　烟台

重阳节

秋高气爽拾阶上,
凤凰岭上度重阳。
举目远望蜃楼显,
抬头蓝天白云淌。

六七八九①心身壮,
戎装后生随两旁。
京城铁军如江河,
欣喜后浪胜前浪。

2014 年重阳节　北京

---

① 六七八九指秦杰同志九十多了,田景章同志八十多了,张宝林同志七十岁了,张久祥、张高潮、张正福、高拴有等同志都六十开外了。

清　明

春风送暖又清明，
满山遍野绿与红。
春潮花海畅胸襟，
涟涟细雨诉思情。

先祖英烈请安息，
晚辈后生晓任重。
江山长城可见证，
圆我中华复兴梦。

2015 年清明　古现镇

市　场

买卖聚地为市场，
市场功能不需讲。
社会形态之缩影，
五光十色在闪亮。

甩货高调非好品，
购物细选少上当。
公职民众懒尽责，
伪劣假冒仍在幌。

2015 年 4 月 18 日　北京

蒙山行[①]

蒙山巍巍景色秀,
乔仝道长掘井悠。
秀得自然不自芳,
井水治病民谣颂。

有缘感悟胜天堂,
无缘山中路径愁。
相识士路与远见,
消防前景同运筹。

2015 年 4 月 24 日　蒙山

[①] 蒙山大队长韩士路与参谋王远见陪同登蒙山而作。

文化沂蒙[①]

三圣五贤集临沂,
银雀山底揭密笈。
沂南石刻入课本,
灿烂文化难以计。

虽说沂水逊黄河,
蒙山泰山也难比。
齐鲁大地群星耀,
沂蒙文化奇葩丽!

2015年4月26日 临沂

[①] 陈雷同志陪我游览临沂有感而书。

今日沂蒙

沂河何时变沂海，
蒙山一夜挂毯秀。
临水城区似外滩，
中央大街遍京楼。

万紫千红染城区，
行人车辆画中游。
临沂人民多壮志，
发展伟业惊神州。

2015 年 4 月 27 日　临沂

安 县[①]

我只去过一次,
总共驻了八天。
她在我人生记忆中,
永远是不退色的画卷。
画中有我们救出同胞的情景,
画中有我们安葬同胞的场面。
画面流淌着我们汗水与血泪,
画面回响着我们向天发出的誓言……

五·一二灾难不仅仅是汶川,
我转战绵阳、江由和安县。
十五至二十三总计才八日啊!
它占据我脑海 CPU 核心的中间。
尽管我已退休离开军营,
尽管三百一十二位战友名字我记不全,
我一生一世永远忘不了啊!
我们抢险的山东战友和我们共同奋战的安县!

2015 年 5 月 12 日　北京

[①] 为汶川地震七年祭而作。

溪水与青山

溪水起始于青山,
青山陪伴着溪源。
溪水的欢歌回荡山谷,
青山与溪水融为流淌的画卷。

生有浓浓的源缘,
长有亲密的甘甜。
夙愿不同各有志啊!
一生一世难改变。

溪水聚结山下走,
青山默默傲云端。
涓涓汇河奔大海,
巍巍依旧向蓝天。

2015 年 5 月 21 日　北京

登雁栖塔①

天空湛蓝白云飘,
湖水清澈宫殿傲。
亚太盛会相聚地,
端午登塔央视眺。

今日京城更壮丽,
此刻怀柔分外娇。
雾霾逃循无踪影,
朝霞夕阳长城照。

2015 年 6 月 18 日　北京

---

① 端午前夕,北京市消防局十位离退休老干部在官兵陪同下登雁栖塔远眺有感。

居驻地①

船板芳草霞光里②,
手帕十年备广渠③。
三载未登故难寻,
京城发展日月异。

改革春风咱沐浴,
开放硕果咱分利。
知恩报恩乃美德,
饱汉勿忘饿汉饥!

2015年6月20日　北京

---

① 作于广安门。
② 船板指船柏胡同,芳草指朝阳区芳草地,霞光里也是地名。
③ 手帕、广渠分别指手帕口和广渠门。

复兴门立交桥

南来北往路畅通,
东归西去都顺风。
新训植树来此地,①
复兴立交梦境生。

植棵杨柳美京城,
栽棵松柏万年青。
杨柳松柏恰如我,
雨露风霜守北京。

今日过桥逢杨柳,
弹指已过四十冬。
桥载车辆难以计,
杨柳松柏栋梁成。

风华新兵如雁过,
我仍持枪军旅中。
如今鬓白不算老,
青春焕发赛柏松。

2015年6月25日 北京

---

① 1978年4月新兵训练期间,我们列队到刚通车的复兴门立交桥周围绿化带植树。时间过去近四十年了,今天路经有感而作。

速描疗养所[1]

三层白楼院中建,
北围欧建雅致添。
东西联北长廊美,
南墙栅栏邻大街。

我住特殊大套房,
家电炊具样样全。
推窗古亭林中立,
开门柳树鞠躬站。

2015 年 7 月 15 日　南戴河

---

[1] 写于休养所 B666 房间。

爱警和忠诚

在我熟悉的休养所院中,
东西两侧增设石刻且字大彤红。
"四川红"上刻着"爱警",
"泰山石"上刻着"忠诚"。

"爱警"是我们的品质,
"忠诚"是我们的生命。
"四川红"代表红色消防,
"泰山石"就是人民子弟兵!

2015年7月16日 南戴河

今昔疗养所

疗养来幽燕，
海岸沙滩。
游艇似箭海上旋，
海滨楼亭赛花园，
美境胜观。

往事在眼前，
疗养所建，
芦苇遍地蛙声欢。
今昔瞬间三十年，
颜换貌变。

2015 年 7 月 16 日　南戴河

菜 地[①]

茄子辣椒西红柿,
豆角垂空瓜满地。
河东消防营院香,
闲暇细耕甜如蜜。

故地重游访战友,
菜地相聚亲兄弟。
瓜果一茬又一茬,
百姓本色赛接力!

2015 年 7 月 22 日　临沂

---

① 重回临沂,董新明支队长、丛日松政委陪同到河东消防中队,喜见菜地并与新老战友聊天后作。

松柏与垂柳

昔赏松柏今赞柳,
松柏耿直柳低头。
耿直未必皆优点,
过度越限就是牛。

低头并非无原则,
谦虚合作美德流。
姹紫嫣红大世界,
松柏垂柳各千秋。

2015 年 7 月 23 日　临沂

名城济南

北是滔滔之黄河，
南是泰山之脉络。
东西七十二明泉，
中为千佛明湖绝。

齐鲁文化核心圈，
历史名城神州列。
昔日守护四年整，
今天战友哥们杰。

2015 年 7 月 23 日　济南

风景线

河岸柳荫蝉叫尖,
沥青路面软绵绵。
京城盛夏似蒸笼,
汽车长龙热再填。

空调至极还嫌热,
交警路中"火烤"验。
来往人们注目礼,
酷暑京城风景线。

2015年7月25日 北京

《三国城》游记

战马齐鸣裂长空,
枪刀剑戟论英雄。
目睹三英战吕布,
喜游无锡《三国城》。

空城之计又上演,
赤壁大战今再生。
科技力量无穷尽,
时空转换皆可能。

2015年8月4日　无锡

周　庄

小船水中摇啊摇，
垂杨岸边飘呀飘。
粉墙灰瓦店连店，
河水穿街桥外桥。

古色古香载岁月，
张家沈家声誉高。
古今人生皆一世，
留下善迹人昭昭。

2015年8月5日　周庄

现代上海[1]

华夏特城为上海,
登天高楼摆擂台。
人聚之首超北京,
科学技术首位排。

工业基础托全国,
交通航运世界赛。
经金文体出栋梁,
消防一代胜一代。

2015年8月6日 上海

---

[1] 参观上海规划馆及上海消防博物馆有感。

立 秋[①]

不见南飞雁成行，
注目岸柳叶落黄。
风吹稻谷鞠躬勤，
辞别酷暑迎秋爽。

2015 年 8 月 8 日　常熟尚湖

---

① 尚湖岸边观景而作。

沙家浜①

中国江南一村庄,
鱼鲜蟹美稻花香。
抗日时期创奇迹,
军民团结斗日狼。

芦苇荡中养伤员,
春来茶馆布战场。
鬼子汉奸歼灭尽,
家喻户晓沙家浜。

2015年8月11日　沙家浜镇

---

① 到阳澄湖岸申晓苑度假村疗养参观沙家浜有感而作。

方　塔

高塔矮塔多处现，
塔形四边很少见。
守护古城保风水，
屹立常熟八百年。

当今院士二十四，
近代曾出八状元。
山青水秀稻蟹丰，
民称方塔显灵验。

2015 年 8 月 12 日　常熟

常熟城

状元及第常熟城,
维新助皇垂英明。
虞山景美人更美,
尚湖碧波胜洞庭。

翁氏家族真书香,
沙家浜村战旗红。
地灵人杰贯古今,
中华百强争英雄。

2015年8月12日 常熟

尚湖晚霞

湖面平如镜,
天水日三生。
夕阳无限美,
晚霞映湖红。

2015 年 8 月 12 日晚　常熟尚湖

申晓疗养院[①]

疗养来到申晓苑,
春风阳光声容甜。
美味佳肴不胜举,
细致倍至说不完。

老干回归身体壮,
英模返岗力无限。
边疆内地齐声喊,
消防铁军加油站。

2015 年 8 月 14 日　常熟申晓苑

---

① 住上海消防总队申晓疗养院有感，作于 203 房间。

毛毛草

山岗荒野毛毛草,
阳光雨露不计较。
辈辈循环春夏秋,
严冬孕育来年早。

不争艳丽不攀高,
不自芳香不作娇。
为了大地不裸露,
茂枯固守岗位牢。

2015年8月23日晨　烟台莱山

牵牛花[①]

无脊会附善攀爬，
骨软能吹形喇叭。
技能高超还不满，
紫里透红粉脂加。

芝麻花开节节高，
茉莉芳香不靠夸。
牡丹国色凭势力，
不当竞争牵牛花。

2015 年 8 月 24 日　烟台莱山

[①] 观路边牵牛花有感。

家乡的大海与磁山[①]

没有软沙戏足的海滩，
没有游艇喧闹的海面。
但有浪涛拍岸的景色，
还有《磁山》的故事世代相传。

石家汉子打鱼为生，
石家婆娘织网种田。
儿孝女顺夫妻恩爱，
勤劳幸福胜过神仙。

龙王妒嫉石家的美满，
兴风作浪将船打翻。
贤妻良母海边背女携子日夜盼望，
天长日久化为今天胶东的磁山！

这个故事未必是真，
这个传说传播的是忠贞与信念。
再美的海岸比我家乡大海逊色，
《磁山》的传说应得情感故事大赛之冠。

[①] 七夕节有感。

我家乡的大海啊,
我一生都在眷恋。
我家乡纯朴的传说和故事啊,
听着悦耳,回味情深意远!

        2015 年 8 月 20 日　古现

罗山坡的传说

凤凰山,
黄金河,
古现风水王家得。

"一壶(湖)酒,
一盒(河)鹅,
契(棋)书(输)明断属罗山坡。"

王吴大户守"诚信",
四字千金兑承诺。
这是家乡一故事,
这是罗山坡的众传说。

宝地属王家,
王家人财赫。
吴家失风水,
吴家如日落。

智者设棋玩文字,
憨者输在大意多。
历史传说无考证,
启迪后人重细节!

2015年8月21日　古现

变

仰晨空繁星闪烁,
看大地秋景硕果。
今又览田园风光,
回家乡天天过节。

几十年从军在外,
淡忘了秋收春播。
习惯了都市雾霾,
陌生了黄土色泽?!

2015年8月22日晨　古现镇

八月行程①

离京疗养去常熟,
盛夏八月行远途。
苏沪饱览回鲁乡,
满载干货思一路。

历史文化回味浓,
祖国山河辑心库。
多接地气多收益,
理情同归踏新步。

2015年8月25日晨　北京

---

① 疗养去苏沪,顺便回山东老家一行之小结。

秋　颂

天高云游南飞雁，
湖水清澈鱼儿欢。
凉风阵阵心情爽，
稻谷飘香瓜果甜。

诗人喜春赞百花，
墨客爱夏画荷莲。
军旅悦冬学梅骨，
我乃乐秋收丰年。

2015年9月28日　北京

人物篇

崔维大师

你是消防中的画家,
你是画家中的消防。
《英雄火海擎儿童》的作品,
美术馆悬挂,人民心中珍藏。

我们曾吃一锅饭,
我们曾喝一锅汤。
共同耍水带,
共同上火场。

我们虽然已退休,
牵挂的还是战友与消防。
我们合作的《军旅情》,
部队官兵喜欢,你我同感荣光。

2015年1月25日　北京

垃圾分类指导员

她是我天天见的大姐,
她子孙满堂六十三。
豫腔纯正,说话高喊,
她擦得楼梯地面净净干干。

她着装制服,
有官有衔。
常穿梭在垃圾桶周边,
袖标醒目,写着垃圾分类"指导员"。

她不知疲惫,
她从不抱怨。
说是垃圾分类存放,
说她官职"指导员"。

有多少人自己分类?
有多少人自觉分捡?
她的职权能指导谁?
她无奈主动降为"战斗员"。

我钦佩她"能上能下",
我钦佩她心胸之宽。
我同情她这把年龄还干体力活,
我同情她有幸福家庭不能团圆!

我呼吁我的邻居行动起来,
为了家园,
为了大姐"指导员"
将自家的垃圾投放分捡!

2015 年 3 月 13 日　北京

医院挂号

老伴今年甲亢发,
为夫医盲真急煞。
得病只能求医院,
首战确保把号拿。

凌晨贪早赶首交,
难顾形象牙不刷。
披星戴月排上队,
人多号缺明再挂!

2015 年 5 月 17 日　北京

赞战友李劲同志[1]

掩卷思念，
品肝胆，
心潮澎湃。

回首间，
别三十年，
峥嵘岁月，
战友情深。
越战功臣选警卫，
进京保卫业绩显。

转业后，
迈步从头越，
再征战，
学金融，
过难关，
谋改革，
谱新篇。
算盘加墨砚，
理文双全。

---

[1] 读《不忍东风眉眼开》李劲诗词选集有感而书。

精诚为官育人才,
敢教旧业换新颜。
当今论,
时代雄杰,
李劲先!

2015年5月23日　北京

吴桐的婚礼[1]

新郎新娘穿唐装，
拱手施礼显大方。
公婆此举展素质，
殿堂雅致复新尚。

光华王琼心底美，
亲朋挚友乐满堂。
传统习俗宾客赞，
喝杯喜酒家国昌。

2015 年 6 月 12 日　北京

---

[1] 贺挚友吴光华、王琼之子吴桐新婚大喜，兴奋而作。

体 检

退休躯体没检测，
今朝医门排队列。
白衣貌美"声"不美，
天使难让我心悦。

冷硬傲横格式化，
咨询求教撞寒雪。
羞于人格耻在脸，
愧对公车送和接。

2015年7月8日　北京

退休战友八一欢聚[①]

军师团长没差别，
将星校衔无间隔。
惜日见面须敬礼，
今天畅饮聚一桌。

祖国需要我冲锋，
百姓遇灾咱救火。
人人军旅有功章，
功臣欢聚酒多喝！

2015 年 7 月 10 日　北京

[①] 张宝林、高拴友、陈益新、佟杰、刘文杰、何长城、李学东等老战友八一欢聚。

祝贺尤胜任支队长

雄鹰要展翅在蓝天飞翔,
蛟龙要翻腾在浩瀚海洋。
猛虎要穿梭于高山峻岭,
骏马要驰骋在万里疆场。

英雄豪杰要有用武之地,
好戏名角需求舞台培养。
幕僚再优只能出谋划策,
菏泽消防由你定舵导航。

2015 年 7 月 12 日晨　北京

祝贺李红军任纪保处长

你从教导队上任后勤助理员，
你具备后管经验再任职政工搞宣传。
你经历了汶川抗震救灾战斗的洗礼，
又走上人事岗位干上了管官的官。

你走过的地方都留下了足迹，
你干过的岗位都有你的汗水和别人的称赞。
教导队还回响着你嘹亮的口令，
后勤部还执行着你的主张和进谏，
组教处干部处珍藏着你为党委写的文稿，
队史馆悬挂你做客《人民网》和孟建柱接见的照片。

过去了就是历史，
面临着的才是现在。
纪保处长担子不轻呀！
想必你已思考再三。

咱有基层和机关多岗位的历练，
咱有领导信任群众的期盼，
咱有忠诚红心和道义胆肝，
定能继往开来闯险过关！

2015年7月13日晨　北京

官复原职之歌①

昔日防火副部长，
危难时刻被点将。
呕心沥血稳淄博，
今复原职回原岗。

有说咱傻官不做，
有道咱懦没胆量。
我定目标不可变，
天晓地知为消防。

2015年7月13日晚　北京

---

① 为盖永兴同志卸任淄博消防支队长、再任山东消防总队防火部副部长而作。

一位老消防兵八一的讲话[①]

我曾扛过步枪,
我曾背过手枪。
耍过无数水带,
玩过拉梯上房。

是水枪伴随我,
黑发变白。
是拉梯送我退休,
惜别消防之岗。

这是我忘不了的昨天,
也是老消防对战友讲消防。
红色战车是咱的战马呀!
火场就是咱战场。

赴汤蹈火,
是咱消防的职责,
火中救人,
是咱一生的荣光!

[①] 献给宝林政委及京鲁津宁消防老兵,作于建军节前夕。

看，我虽然脸上留有痕迹，
看，我虽然腿上有伤。
那是永不消失的纪念啊！
那是历史给我的勋章。
它是我获军功的证明，
它闪烁消防兵本色的光芒。

今天欢聚在我们队部过节，
举杯畅饮之际，
我要为了干杯再讲：
为发扬我军的传统，
为了人民的消防，
让我们的战车更红，
让我的水枪更亮！
干杯！！

2015 年 7 月 26 日　北京

白芳礼老人,您活在人民中间

老人的收音机他再也听不见,
老人的三轮车还在他身边。
他离开了他捐助的三百学生,
他实现了他一辈子的勤劳和泊淡。

他是现代武训,
他是耶稣甘地的中国版。
他是天津人的骄傲,
他是老百姓心中的喜马拉雅山!
他从七十四岁开始蹬上三轮车,
春夏秋冬暑去寒来。
雨浇雪打无所挡,
整整蹬了二十年。

用蹬车所挣的三十五万块钱,
全部用于解三百贫困学生之难。
他吃的是馒头加咸菜,
他穿的是捡来的鞋帽和衣衫。
他对待自己总是吝啬苛刻,
他对待别人永远是阳光灿烂。
他追求的是做个好人,
他留给人的是无穷的芳香与甘甜。
他是可敬可爱的白芳礼老人,

他是中国好人中的典范。

曾两度落选央视《好人》并不遗憾,
他是不倒丰碑,
他永远活在人民中间!

2015年8月3日　常熟申晓苑

好友相逢[①]

〇九五月福建行,
为鲁求贤选博生。
相识众多新朋友,
青峰吉言伴津腾。

今日相逢感慨多,
悉友横跨七年整。
千锤百炼出精钢,
归闽职升心情平。

2015 年 8 月 3 日　常熟申晓苑

[①] 2009 年 5 月,我赴福建为山东消防总队招录两名博士,相识福建消防总队副主任叶青峰。今天在沙家浜疗养相逢,为好友青峰而作。

相识慈仁战友[1]

我来自内地,你来自西藏。
我们是铁军,
我们是消防。
今天从五湖四海来此地,
在红色的沙家浜欢聚一堂。

我尽管退休,以老干部身份来疗养,
但我的心还是牵挂着咱们消防。
你虽然是现职领导,但要关注身体健康,
消防不仅靠智慧,
更要靠体健和力量!

西藏是世界屋脊,
是共和国的边疆。
内陆是高原的基地,
是西藏的坚强后防。
过去沙家浜是红色的经典,
今天是我们的加油站和充电桩。

---

[1] 相识西藏日喀则消防支队萨迦寺大队大队长索郎慈仁战友,十分欣慰。特作小诗赠送。

我们在此校准了目标，
我们从这储满了力量。
为了人民生命财产，
我们甘愿汗水流干、鲜血流淌！

      2015年8月7日　常熟申晓苑

老战友久别相逢[1]

虽然脱下心爱的军装，
尽管分别的时间很长。
相见时刻庄重举起右手，
标准军礼没有忘。

三十年前的老战友，
相逢在南通的大街上。
让心脏任性跳吧，
让泪水随意地淌。

昔今的文书兼文化教员，
今天成老板的典范和榜样。
过去青年军官，
现已退休军人鬓发染霜。

我还叫他文书，
他还称我首长。
我们共守钓鱼台日日夜夜，

---

[1] 1986年，我从总队政治部纪委办正连职干事到钓鱼台警卫中队挂职副指导员。当时浩敬东任文书。服役期满后，他回原籍南通。三十年后相逢有感，作此诗赠敬东同志。

无暇国宾馆的风光。

十二、十八楼的雄姿我们说不清楚,
但能洞察高墙内外的异常。
你给战士讲授文化,
我给中队讲述传统、时事和信仰。

我们一起坐硬座去内蒙家访,
将草原父母对儿子的要求和希望,
在课堂上一次次播放。
一百八十名指战员感动宣誓:
为祖国为党为警卫事业站好岗,
再苦再累也不怕,
为了乡亲和爹娘,
我们与国宾馆共辉煌。

今天我们真骄傲,
骄傲的是部队基础坚强,
骄傲的是军人传统的发扬。
我们岗位不同地域不同,
同感身受军队这所神圣的大学堂!

2015年8月9日　常熟

翁同龢先师[①]

宅院书香飘千里,
学者风骨撼大地。
同治道光之宗师,
维新变法为社稷。

翁氏家族忠孝集,
读书育才家训立。
后生临屋如见人,
大贤大才文人奇。

2015 年 8 月 10 日　常熟

---

① 荣幸与武警学院副院长时景秀将军参观翁同龢故居有感。

高太存将军[①]

叱咤风云三十年，
三尺讲台汗流干。
将军风度还依旧，
爽朗健步超伟岸。

昔日听课学本领，
今天巧逢才又添。
先生桃李满天下，
我辈瓜果遍地捡。

2015 年 8 月 13 日　常熟申晓苑

[①] 夏季疗养在常熟，相逢武警学院副院长高太存将军并为其而作。

科技武器

移动终端写随笔,
享用一年心底喜。
散步创作两不误,
健步做诗巧统一。

一谢手机新科技,
二谢妻女收徒弟。
三幸天生脸皮厚,
退休勇将骏马骑!

2015年8月15日 常熟

想念战友何江

退休回京近三年,
天津战友情连绵①。
四年服务边消警,
兄弟姊妹万与千。

边防海防共站岗,
警卫现场肩并肩。
火海救人手拽手,
何江昔今总挂念。

2015 年 9 月 2 日　北京

---

① 我刚调任天津时住消防总队金晓宾馆,何江同志时任宾馆总经理。后任总队财务处处长。

战友弟兄姜守强

同车服役戍北京,
一个连队亲弟兄。
智机调皮传佳话,
执勤荣立三等功。

光荣退伍从头越,
供销外贸行行通。
公平正义陪审员,
口碑响遍福山城。

2015年9月5日 北京

感悟篇

打虎拍蝇赞

一个又一个贪官落马,
一个又一个老虎被打。
一群又一群苍蝇入网,
一批又一批害虫被抓。

群众拍手齐称快,
百姓笑声哈哈哈。
谁敢贪污和腐败,
依纪依法全拿下。

这是人民大众久违的愿望,
靠的是公平正义之法。
只有这样中国才有希望,
只有这样华夏青春才能焕发!

2014 年 6 月 30 日　北京

伟大的真理

人民,只有人民,
才是创造历史的动力!
这是伟人的声音,
是响彻宇宙的真理。

而我们愚蠢,饱受蒙蔽。
什么能人治厂?
什么高人妙计?
什么村寨大仙?
什么高端新科技?

再研究一下历史代代吧,
再分析一下国内国际。
从来就没有什么救世之主,
致富靠富人带动是骗人骗自己!

我们这段弯路教训深刻,
我们要好好总结牢牢记住。
老百姓才是真正的青天,
老百姓才是坚强可靠的大地。

脱离老百姓就危机四伏，
伤害老百姓必死无疑！
相信老百姓，海可填平泰山能移，
依靠老百姓，我们就能顶天立地！

我们要永世记住：
伟大的真理，
人民，只有人民，
才是创造历史的动力！

2014 年 11 月 2 日　北京

老夫少妻现象析

电影剧院大渲染,
电视媒体循环传。
老板爱上女秘书,
教授大搞师生恋。

三者插足有原委,
婚外情人新观念。
高调鼓吹铜臭味,
老翁少妻还挺"甜"。

这种现象非小事,
毒害社会已显现。
离婚陡增直线上,
家不稳固孩子怨。

伦理底线受冲击,
道德标准遭沦陷。
巧取豪夺欲主流,
善良民众灾害连。

"嫁人怪论"登大堂，
"干爹"遍地声声"甜"。
正义悲歌暂失"地"，
文化汉奸赢一战。

良心何忍再受辱，
猛醒执笔上前线。
夺回阵地打冲锋，
人间正道还蓝天！

      2014年11月3日　北京

尊与爱

尊重他人爱自己，
热爱公益尊私利。
社会本是一家人，
包容同异大集体。

角色定位时空转，
分工协作不容疑。
长者垂范尊与爱，
后生爱尊荡正气！

2014 年 11 月 8 日　北京

公共与集体

公有共存为公共，
集合一体称集体。
公共集体老概念，
今天再述迫不已。

公共观念成空谈，
集体主义没人提。
舆论导向无方向，
道德列车离大地！

公共集体为多数，
私有个体小利益。
主流支流明摆着，
是大是小有定理。

主次不分阵脚乱，
大小不明向偏移。
新路立个钉子户，
民众绕道成惯例。

旧城改造新楼起，
破屋孤岛挂国旗。
公共利益唐僧肉，

想吃就吃不羞耻。

集体黯淡个体亮,
害了大家必害己。
公众监督要尽责,
政府媒体要尽职。

知错纠偏快行动,
公共第一大集体。
依靠全民齐上阵,
公共集体才胜利!

2014 年 12 月 11 日　北京

饮食的哲理

山珍海味吃出病，
茅台拉菲也送命。
五谷杂粮营养全，
稀饭淡茶最有情。

奢侈浪费有回报，
朴素自然心身平。
富懒"三高"成正比，
勤劳健康是真经。

2015 年 1 月 5 日　北京

住房与睡眠

广厦千栋睡一床，
豪宅万处坐一房。
有人寒冬宿街头，
独享温屋心该凉！

贪得无节是罪过，
厚德行善是荣光。
心虚金床也失眠，
心正土坑睡得香。

2015年1月17日　烟台

劈木功效之悟

归乡劈木柴,
刀斧工具全。
时间都一样,
今昔不一般。

工效差别大,
原因两方面。
抡刀挥汗莽,
巧刃对茬湛。

刀斧作用大,
顺纹效果见。
器善地位重,
智慧天外天。

工具要其利,
规律手中攥。
器锐加规律,
瞬间绩裂变。

2015年2月5日　古现

度

对内对外均有度,
过左过右走邪路。
包容出界为右倾,
争论不休左误途。

历史教训不算少,
如今不可再重复。
恰如其分调控好,
小康目标迈大步。

2015 年 2 月 16 日　烟台

忠孝双全

忠于国家忠人民,
尊敬长辈孝双亲。
忠孝本质为一体,
反复考证无悖论。

忠孝根基是道德,
古今楷模高质品。
心系父母骨肉联,
国家危急血流尽。

2015年3月2日　北京

微信值得民众夸

高楼豪宅棚户家，
人人掌上微信发。
男女老少都上阵，
忘吃忘睡不忘它。

山南海北聊不够，
国际国内知天下。
时空自始无障碍，
欢乐交流钱免花。

2015年4月19日　北京

议养狗

狗是人类之朋友，
天下公认有考究。
养狗并非都爱狗，
爱狗未必都养狗。

村寨养狗有传统，
看家护院是帮手。
家家庭院空间大，
街坊邻居都不忧。

城市养狗新潮涌，
人牵狗友街道走。
人狗平等挤电梯，
狗屎狗尿路遗留。

城市养狗有前提，
空间环境必须有。
喜欢之理太勉强，
有点自私让人愁。

城市文明天天喊，
养狗规定形式流。
破解难题并不难，
依靠群众放开手。

2015 年 5 月 12 日　北京

信息革命

互联物联大数据，
网络信息称 IT。
采集处理云计算，
无所不能传感器。

监控坚守不怕累，
危险作业不躲避。
硬件软件神"魔杖"，
时空穿越随人意。

2015 年 5 月 23 日　北京

昔今衣装颜色考

蓝色灰色绿军颜，
新三旧三缝三年。
举国上下审美同，
衣旧色纯身心暖。

华丽西装寻补难，
男女童叟锦万件。
美德遗忘俊亦丑，
裘皮裹躯心也寒！

2015 年 6 月 21 日　北京

思路与出路

调研必须去一线，
一线关键在实践。
实践鉴别定真伪，
数据面前胜雄辩。

思路来自真调研，
出路敢于攀峰险。
调研攀峰掌控好，
思路出路自然宽。

2015年7月4日　北京

云计算大数据

大千世界多奥秘，
神话巫术载史记。
破解探索金钥匙，
云来计算大数据。

宇宙运行天之理，
历史进程有规律。
顺势借力掌控好，
人类幸福山河丽。

2015年7月6日晨　北京

农民工的对话

"发了工钱咱也歇个礼拜天吧!"
一句耳边的河南腔,
我目光本能地寻找他。
一群肩扛铁锹五六十岁的农民工,
瞧着晨练京城人说的这一句话。

我识别不了出自哪位之口,
我听见了人群中多人的回答,
"你是谁?你想啥?""你还没醒吧!"
"你还想娶嫦娥给生个胖娃娃……"

男人的汗味晨风散,
憨厚的笑声哈哈哈!
我顿足,我茫然,我猛省,
心在颤抖眼泪盈眶欲下。

他们和我一样都是男人,
他们与我相同都有爹妈。
他们应有妻室儿女在身边,
他们还在孤身打工浪迹天涯……

男人的尊严应该顶天立地，
对爹妈孝敬应该床前屋下。
与老妻儿女团聚天经地义，
他们不敢想啊！把得到工钱与周休看成奢华。

这就是中国的农民工啊！
夜空的星星，暗中的烛蜡。
大厦之中的沙子水泥，
高产的奶牛还要把载重的车轮向前拉！

如果说是短暂的冲锋，
如果说是地动天塌。
多奉献理所当然，
而三十多年如一日啊，他们时刻在拼命在冲杀！

改革开放是用他们的汗水，
灌溉出共和国灿烂之花。
国库之中的真金白银，
是用他们血脉筋骨堆成的高塔。

医疗改革使他们有病难进医院，
教育产业使他们子女没有文化。
他们的尊严受损国之道义也损，

他们监督弱化使得伪劣丑陋爆发。

打江山守江山都得靠老百姓，
农民工是百姓中的百姓，是根也是芽，
如果根不牢芽不发会怎样？
所以，国家意识中不可不能不敢轻视他！

如果依靠谁为了谁的宗旨错位，
如果两极分化任性扩大。
如果继续脱离群众说空话说假话，
人心天平必倾斜呀，
天要崩地会塌！

2015年7月11日早晨　北京

衣装用场

休闲运动职业装,
场合不同应考量。
昔日艰难都理解,
今天乱穿不应当。

短裤吊带进餐馆,
穿着制服逛商场。
扎着领带在健身,
总觉有钱缺素养。

2015年7月13日　北京

转动与转不动

车轮电扇同为圆，
本质核心都是转。
车轮越转征途远，
电扇再转不离点。

转动结果启迪人，
需求在先后方案。
欲向前进造车轮，
要享纳凉做电扇。

      2015 年 7 月 18 日 北京

停车场里的对话

盛夏的京城,
街巷如同蒸笼。
我驾着汽车驶进收费车场,
烦躁使我对管理员大喊声声。

停哪!? 你们只会收费,遇到服务就失踪!
从远处跑来个花发老人,
张着笑脸衣湿汗流。
"天太热(yie)树下歇会,
是俺不对,请您息怒。"

听口音,他是老乡同为山东,
看面相,他六十开外应为我兄。
汽车熄火了,心也渐渐的平静,
我对烈日下的他产生了同情。

"你这把年纪,干这行钱赚海了吧?"
"今年六十,月薪三千,不能休整。
吃睡在这里,出口那个集装箱,
是我的卧室兼饭厅。"

"你来这贡献啥？回家多滋润！"
"不是做贡献，为了还债进京来打工。"
"还什么债？"
"儿子定亲欠钱，结婚房贷压力太重。
我帮帮他们，给孩子减轻减轻。"

没有高调或埋怨，这是中国的农民，
当今称呼为农民工。
他们一辈子勤劳朴实，
他们一生为人厚忠。
他们从不怕艰难，
他们活着好像就是为了劳动！

老妻依靠他们，
儿女依靠他们，
建设需要他们，
社会需要他们。

他们是不知疲惫的老黄牛，
他们应该得到人们的尊重！
此刻我深感惭愧和内疚，
从我做起，从今开头。
爱京城爱市民，
加倍感恩中国的农民工！

2015年7月20日 北京

退休生活三项注意[①]

吃饭睡觉看电视，
饭菜躲避添加剂。
休眠提防恋床板，
影视作品可远离。

吃睡适量身体好，
精神毁在电视剧。
身心都要防"毒"品，
年迈也需免疫力。

2015年7月25日　北京

[①] 赠悦华老友并共勉。

消火栓的诉说

钢铁铸造了我坚强的身躯,
带着压力的水装满了我的胸膛。
我生命的意义是战胜火魔,
我时刻准备喷发灭火的血浆。

每次灭火胜利我与人们兴奋,
每场灭火失利我与大众悲伤。
水务、自来水都是我的长辈,
公安消防是我的战友和兄长。

城镇火灾的克星是我,
人们将我安装在大街小巷。
我的辉煌不需述说,
我的委屈,
今天倾诉衷肠……

(一)

我要诉说,
服役列装这本账。
建设、维护、使用不一致啊!
长辈不沟通,为难我和消防的兄长。
各自画地,都管都不管,

群龙治水谁来担当?

市政管规划,
水务调控忙。
自来水建设与维护,
消防用火场。
规划缺全面,
水务乏力量。
施工和监管难到位,
消防心急,不知对谁讲?

(二)

我要诉说,酸涩苦辣这本账……
忍辱负重常态化,遮挡圈埋我泪淌。
少润缺油折筋骨,
破坏撞击我受伤。
保养不到我生病,
漏水偷水我迷茫。
千疮百孔疾缠身,
火灾面前躺病床。

火魔肆虐时,
消防最悲壮。
守着"弹药"库,
长途运"刀枪"。

拼死战火魔，
青春鲜血淌。

损失无法算，
责任难丈量？
执法要严格，
官员要担当。
百姓要监督，
媒体要曝光。

从我身上抓起吧！
让我真正实现为生命财产站好岗。
快从体制改革来切入，
职清责明该罚的必罚该赏的要赏！

谁敢失职无视社会的灾害，
谁敢应付敷衍大众的悲伤。
谁在灾难面前拉空缺位，
谁就要被押上受审的公堂！

财产的赔偿让他家破，
生命的代价让他命亡。
看谁还敢不重视公共安全！
看谁还能不懂社会范畴的善良！

2015年6月23日　北京

消火栓的呐喊

我们虽然身躯是钢,
但没有现代人的智商。
我们虽然有宽阔的胸怀,
但没有科技的肚量。

我们虽然有忠厚的品质,
但体内缺水、无压该讲也不会讲。
我们生有不惧风吹日晒的皮肤,
但常常忍辱被圈埋遮挡。
我们尽管有坚定不移的信念,
但也不会面对破坏采取本能反抗……

我们迫切需求智能与神经,
我们迫切需求语言和智商。
我们迫切需求传输的功能,
我们迫切需求大喊大讲!

给我们增加传感器吧!
给我们加上互联网。
让我们进入云计算呀,
让我们的数据汇成海洋!

我们比电商更急迫呀!
我们与金融相攀谁轻谁重任人掂量!
我们是生产生活的守护神啊!
我们是生命和财产的保障。

不敢再犹豫了,也不能再彷徨!
我们已落后于时代和人们的期望。
要奋起直追啊!
新账不能欠,还须还旧账!

总理的讲话和《消防法》是我们的护身符,
《四项建设》三年规划为我们扬帆导航。
减少火灾损失是我们与您共同的职责,
抢救生命是我们与您共同的荣光。
您给我们科技我们将猛虎添翼,
我们向天发誓尽天职,缚火魔,撒下天罗地网!

2015 年 6 月 24 日　北京

消火栓智能改造定位[1]

躯体增填电传导，
头脑再生新细胞。
伤病具备自诊断，
需求明确即时讨。

硬件硬过金刚石，
软件不差半分毫。
装备互联新科技，
体壮脑灵艺更高。

2015年7月2日　北京

---

[1] 对消火栓智能改造定位，并与士玉老弟、洪武、继宝高工商榷。

红色中国伟大复兴

我生于三面红旗遍及神州,
我会唱第一首歌就是《东方红》。
我上学校戴的是红领巾,
我当兵领章帽徽红红彤彤。

红色是我特爱的颜色,
红色的血液在我全身涌动。
红色是我的基因,
红色是能源,驱使我的行动!

党旗的鲜红,绣有镰刀斧头,
象征着用先锋队热血筑成的工农联盟。
军旗的鲜红,绣有"八一"二字,
象征着人民军队在血泊岁月中诞生。

国旗的鲜红绣有五颗五角星,
象征着红色江山党领导团结繁荣!
红色是党和军队,
红色是国家和大众。

爱党、爱军、爱国的主要表现，
简单明确，不需空喊在口中，
区别在于现实，红或非红！
什么玫瑰、橙革都是颠覆政权的变色龙。

要警惕要眼亮，
千万不可蒙蒙眬眬。
东欧之巨变、苏联之垮台，
应该使我们惊醒！

中华民族五千年的文化，
中国人的文明，
我们的祖先为人类发展，
贡献了智慧与儒风。

西方列强还有日寇，
忘恩负义百年对中华凌辱之疼痛，
撕心裂肺罄竹难书，
反抗斗争一批批先烈倒在血泊中……

唯有红色的旗帜出现，
沉睡的雄狮苏醒，
驱敌寇打反动，

一路战旗红。

建共和创大业，
四海五洲都震惊。
改革开放之得在于红色之固，
改革开放之失源于红色之弃。

历史的进程与发展，
一次再一次反复验证。
东方就是东方，
日出大海东方红。
只有红色的中国，
才能实现中华复兴之梦。

2015年7月20日　北京

议价与诚信[1]

国人议价成自然，
买卖成交喜藏奸。
议价计谋在阴影，
诚信品德屡受践。

监督机制何保障？
商家良心怎兑现？
议价商品疑如云，
诚信社会天湛蓝！

2015 年 7 月 27 日　北京

---

[1] 市场购物之思考于北京。

善事恶事　界限界定[①]

恶为损，
善是利，
善恶处事界四系。

一曰利人不利己
二曰利人也利己
三曰损人不损己
四曰损人也损己

一为崇高，
二正义，
三为小人，
四垃圾。

崇高大德应高树，
正义传播该加力。
小人层面强教施，
垃圾处理切务必。

2015年8月2日　北京

[①] 近期读广文老弟微信有感而作。

信仰与理想

人不可没有信仰,
人也不能没有理想。
信仰是追求是归宿,
理想是目标是方向。

尽管个人的信仰自由天经地义,
但社会主流的信仰不能随波逐浪。
让我们再看看历史上的兴衰,
让我们再看看现在西方和东方。

善良的人民应分析一下历史和今天,
虽然百姓的和谐源于个体多元的信仰。
但经济发展倚仗的是公平主张,
国家势力是正义公平的根基。
国家的根基源于主流信仰的坚强!

历史不能忘记,
区区万人的大鼻子,
将我们的圆明园劫尽烧光,
岛屿之国小鼻子践踏中华十几年之久长!
是中国共产党的旗帜,
凝聚人民大众的共同理想。
推倒帝封官三座大山,

中国社会主流信仰如此浩浩荡荡。

新中国建设是共产党的主张，
二十多年时间，
一穷二白的东亚病夫之国，
天翻地覆之变，
站在联大会场正视世界八方。

改革开放是共产党指引的方向。
三十年的时间，
成绩夺目教训也深刻，
让我们更加懂得了信仰理想的分量！
富裕的人请扪心自问你现在的信仰，
没富的人你对信仰还能再犹豫和彷徨？

中国主流的信仰永远是马列主义，
人民大众国强民富是不变的理想，
要实现我们的理想，
永远要靠共产党的领导和毛泽东的思想！

2015年8月4日　常熟沙家浜

文盲、科盲与互联盲

五十年代扫文盲,
当今补课灭科盲。
文盲科盲情可原,
互联再盲不应当。

文盲之因旧社会,
科盲可怨文革伤。
网络发展如落后,
民富国强必空想!

2015 年 8 月 12 日　申晓苑

轮回与周期[1]

潮起又潮落，
有昼必有夜。
春夏秋冬转，
循环为四节。

自然有规律，
社会不特别。
人间正道是，
多劳才多得。

人有小聪明，
乐极就变祸。
日久天地知，
贪心定失德。

厚德才载物，
无德无人格。
道德能积淀，
高品兑承诺。

---

[1] 参观上海自然博物馆有感而发。

轮回有周期，
永恒是日月。
钱财身外物，
名节世永刻。

因果有关联，
周期不可越。
邪念时刻防，
淡泊一生乐！

2015年8月7日　上海

历史与未来

昨天已是历史,
明天就是未来。
历史由 N 个昨天堆积而成,
未来与 N 个明天衔接顺挨。

时间是公平的,
世人都有昨天。
时间又是无情的,
世人不可改变历史但可面向未来。

历史需要回顾与反思,
回顾历史要客观真实分明皂与白。
反思历史要有为真理牺牲的勇气,
回顾与反思历史都是为了今天和未来。

未来需要有准备与规划,
准备是具备应对风云的脑海和胸怀,
规划是制定目标及其实现的路线,
准备与规划是未来航行不可缺少的指南针。

历史与未来有座桥梁，
这就是我们及其我们的现在。
我们一头搭着过去历史，
我们一头跨在今天与未来。

我们要负责地回顾与反思历史，
我们要认真地面对今天与规划未来！
只有这样才能承前启后，
只有这样才能屡战不败。
只有这样才能顺应民意，
只有这样才能天敬地爱！

2015年10月18日早　北京